春风胜过一切温柔

赵叶惠———著

长江出版传媒

长江文艺出版社

赵叶惠

湖南湘乡人，中国作协会员，曾国藩与湘军文化研究会荣誉会长。出版文学作品集《树林》、诗集《梦乡的通行证》、古体诗集《平易行吟》。与人合著出版《曾国藩生平事迹》《法律人的诗》《湘乡之韵》。主编《建筑湘军》《湘乡名人道德风范》《湘乡古今文艺作品选丛书》。《梦乡的通行证》入选湖南省作协扶持出版作品，获湘潭市文学艺术创作成果奖。在《诗刊》《中国文化报》等二十余家省级以上报刊和中国作家网、中国诗歌网、中诗网发表诗歌300余首，在省级以上报刊发表小说、散文、报告文学、文学评论30余万字。诗歌作品入选《中国新诗》《中国乡村诗选》《湖南诗歌年选》等多种选本。

序

吴投文

　　我与赵叶惠先生虽同在湘潭，见面的机会却不多。最近这些年，他的诗歌创作非常活跃，成果显著，我常在报刊上读到他的诗歌，我对他的印象主要是从他的诗歌中获得的。在繁忙的工作之余，赵叶惠先生至今已出版文学作品集《树林》、新诗集《梦乡的通行证》、旧体诗集《平易行吟》《湘乡之韵》等著作，主编或与他人合作出版了几部作品。在我所接触到的诗人中，像赵叶惠先生这样既写诗也写小说、散文、报告文学、文学评论，既写新诗也写旧体诗的并不多见，每一种文体的写作都见其用心琢磨之处。尤其是他的新诗写作，有着明确的追求，可谓用力最勤，用心最深，也是他的全部写作中最有成就的。他的诗歌中有一个鲜活的自我形象，这个自我形象既是由他个人的情感抒发而形成的，又何尝不代表一种共通的情感？从一位诗人的诗中去获得对他的印象，实际上是相当可靠的，诗如其人，人如其诗，到底是一个古老的依据。在我的印象里，赵叶惠先生身上有浓厚的文人气质，谈吐儒雅，对诗歌怀有赤子之心，其人其诗是可以相互对照的，也是相互成全的。对一位诗人来说，这是诗歌赐予他的福分，也是他通过创作而获得的自我完整。他的诗集《春风胜过一切温柔》即将出版，我首先想到的就是他对诗歌创作的热诚付出，乐意谈一谈我阅读后的体会。

读赵叶惠的诗，我有一个很深切的感受，就是他的诗歌味道纯正，皆出自他内心对于人生的真切感受。他的诗味道纯，纯在清澈而又令人回味，纯在简朴而又包含丰富的情味，纯在敦厚而又深刻、清醒；他的诗味道正，似乎其中看得见一个清正的面相，与其诗的语言形式之美是恰相吻合的。他不少写器物的诗如《西周瓷器》《一颗古莲的祈祷发了芽》具有鲜明的象征意义，意境优雅，读来如坐春风，如饮醍醐。许多情景交融的短诗，看起来显得单纯，却有丰厚的意味，值得咀嚼。他在《春钓》中写道："于大树之下/静坐终日/谁晓/鱼情我意"，诗人春日垂钓，终日静坐，不为得失，只为静悟人生。诗虽寥寥数句，却自有境界。在诗集《春风胜过一切温柔》中，这样精短的有蕴涵的篇什比比皆是，琳琅满目，读之赏心悦目。我想作者在写作的时候，大约并不在意一气呵成，而是在调遣字句时更在意凝练诗意，更在意传达哲思，避免散漫而讲究结构的完整，讲究诗意的圆融。他的写作态度是严谨的，他的写作路向是往纯正的一脉走，追求把一首诗完成在情感与哲思的融合中。第三章的诗多为哲理诗。写这类诗如果修为不够，容易陷于干涩、刻薄的窘境。但赵叶惠的这类诗大多富有情趣，且意味深长，有的诗妙趣横生，让人激动之余抚卷深思。《凤凰的传说》《饥饿的猫》等诗在看似平静的述说中营造了感人的情境，蕴含的深意让人欲罢不能。《钓鱼记》等诗写得生动活泼、痛快淋漓，丝毫没有刻薄之感，反倒能触摸到作者的仁厚、悲悯之心。若非秉持诗味道正的理念，是不会有这个效果的。

在当下多元化的诗歌语境中，诗歌味道的纯正是一种难得的美学品质。把诗写得像一首诗，把一首诗写得与散文区别开来，不悖乎诗的形式规范，不悖乎诗的情味蕴涵，本来是诗歌写作的一个基本要求，但在当下的诗歌写作中，反其道而行之的人，往往只求快意宣泄而放逐诗的情味，只求肆意逞才而放逐诗的形式，似乎已渐成风气，我以为这恰恰是对诗歌本身的放逐。把一首诗写得不像一首诗并以此为乐，不管打着什么样的口号，都是我不能赞同的。由此观之，赵叶惠追求诗的纯正之美，讲究诗的纯正味道，倒符合诗的古典主义理想，他的这种创作态度显然是经过慎重选择的。

赵叶惠在《山中》写道："清晨/在酣睡中被鸟弄醒/又在群鸟吵闹中沉沉睡去/直到太阳从窗棂中伸手摩挲眼皮"，对他来说，诗歌就像一道太阳的晨光，摩挲他的眼皮，抚慰他的心灵，是否也暗示这个世界需要一道诗歌之光的照亮呢？他在另一首短诗《春风胜过一切温柔》中写道："众生复苏/气象万千/春风胜过一切温柔/亦超越所有誓言"，似亦可理解为，诗歌就是他向往中的春风，凡是春风吹到之处，就有春色满园，就有希望的枝丫开出花朵；凡是春风吹到之处，就有心灵向希望敞开，就有希望回归心灵。读这样的诗，大概不需要正襟危坐，不需要故作深沉，只需要怀着一份对生活的热情，诗情诗意就如春雨润物无声，让人心里觉得敞亮。确实如此，读赵叶惠的诗，心里是敞亮的，心情是舒适的，让人抬头仰望心中的那份希望、那份执着。他不是一位刻意追求写作深度的诗人，他是在生活中写诗，在生活中寻找诗意，在自己的心灵中凝聚诗意，让生活穿上诗歌的外套，使生活变得更善更美。他大概信奉一种朴素的以生活为美的诗歌观，在他的诗歌中，很少见到对生活刻意作变形变异的描绘，很少见到对心灵刻意作扭曲的陌生化呈现，他总是以自己的热诚抒写生活的真善美，抒写对美的凝望而获得的启迪。

赵叶惠是一位热爱生活的诗人，生活中的方方面面都在他的诗中占据一个妥帖的位置。正如他在《对望》一诗中写道："在斜阳花树暮霭渐生的小院/面对翠叶如盖的香樟/一位妙人和一只小鸟/在对望"，他是用一种"对望"的态度去观察生活，感受生活的，也因此在他的诗中，人与人之间，人与自然之间，乃至人与物之间，都有一种情感上的交流关系。诗人视野中的自然并不只是一个客观的存在，诗人视野中的事物也并不是一个客观之物，而是诗人情感的某种投射，是诗人情绪的某种漾动，诗人对自然与事物的想象似乎带着拥抱的热度。比如他笔下的小鸟："它不停地诉说/你看这庭院秋色/多么美好/桂花正香木槿花华美/阳光金黄暖和/可那人无心他顾"（《小鸟》），比如他笔下的书房："无须室名/何用室铭/一盏茶/一卷书/一屋子经过岁月淘洗的时光/已然足够"（《书房》），比如他笔下的梅花："如同隐士/千山暮雪，一骑绝尘/当梅花破颜而笑/蝴蝶绝迹/蜂儿亦还巢/那潜滋暗长的清香啊/穿云透雾提神醒脑"（《梅花》），再比如他笔下的海滨："傍晚，我来到海滨/大海似乎认识我/或者和我有着某种情分/他不停地后退，后退，后退/像古时指挥战斗的仁君退避三舍"（《初到海滨》）。不管是小鸟、梅花和书房也好，还是海滨也好，都在诗人的"对望"中似乎带着来自诗人想象中的某种不确定性，既是诗人眼中的自然之物，也是诗人的心中之物。心与物融合为一体，物是外观，心是内视，外观与内视的融合即是诗人对世界的重塑。这种重塑既是主体对客观之物的重塑，也是客体对主体的某种再造，带着物我一体的互联互通。这就是诗人看待世界的方式。

在我看来，一位诗人的内心就是一个完整的世界，一位诗人的言说应该出自他的内心世界，在他的内心与言说之间，应该构成一种恰当的平衡。这就是诗人的真诚。对诗人来说，真诚是一种最重要的品质，既关涉诗人的人生态度，也关涉诗人的创作态度。从赵叶惠的诗中，可以发现一位诗人的心灵图景，他像一位画家一样铺排心灵的色彩，为心灵的图景寻找恰当的布局，在诗中呈现出人生的声色光影。是的，他写得极认真，他力图寻找一种表达内心感受的语言方式，使他的言说更加贴近内心的感受。他的诗歌语言是有美感的语言，对称于他所表现的生活情景，对称于他对真善美的渴求。我注意到，他多用美词，以形成美辞的修辞效果。所谓美词，就是美好的词，是带给读者美好感觉和感受的词；美辞就是表达美好情采、情感的方式，涉及修辞及其相关层面。美词与美辞使人感到精神愉悦，可以从中体验到美好的感觉。长诗《伏生救危存亡吟》主旨宏远，时间和空间的跨度都很大，诗人选择伏生口述《尚书》即将告成这个有着浓郁诗情的场景作为切入点，运用多种修辞手法，用精美的文辞刻画人物形象，进而展示其丰富的内心世界，使人如临其境，深受感动。又如他在《一株蔷薇》中写道："这是自由的蔷薇花/可以随风弄影/可以观山岚流云/可以赏鸟鸣鱼音/也可以照镜梳妆/浅笑低吟"，诗中的情感是美好的，诗中的情境是圆融的，与诗中的美词以及美词所形成的美辞效果是连在一起的。赵叶惠多在诗中营构一个充满温情的世界，注意语言修辞的提炼与纯化，有时从古典诗词中取意，却铺展出一个现代人的心灵之境。

通读诗集《春风胜过一切温柔》，似乎感觉时间是沉静的，也似乎感觉诗人静坐在诗中的某处，他的背影远看是清晰的，近看却又显得朦胧，他是一个懂得距离的人。我想，赵叶惠先生大概就是一个沉静的人，他是在诗中与某处的事物对望吧。他以一种兼容的心态看待世界，收获的却是美与美的幻影，有时也陷入恍惚之中，似乎与世界隔着一层，梦中那种缤纷的色彩向他扑面而来。他在《野春》中写道："我久坐石上/忽然心生欢喜/复生惭愧"，这就是一位诗人感受世界的方式，也是一位诗人内心的丰富体验。

2023 年 6 月 30 日

吴投文，文学博士、湖南科技大学人文学院教授、硕士研究生导师，主要从事中国新诗教学与研究。发表论文与评论百余篇，出版学术著作《沈从文的生命诗学》《百年新诗经典解读》《百年新诗高端访谈》等。另发表诗歌数百首，出版诗集《土地的家谱》《看不见雪的阴影》等，诗歌入选上百个重要选本。

目录
CONTENTS

I 对望

西周瓷器 003

汉字的秘密 005

唯有屈大夫（组诗） 007

伏生救危存亡吟 011

一颗古莲的祈祷发了芽 016

登山录 019

为一滴草尖上的露水唱歌 021

春风胜过一切温柔 022

湖畔 023

初春 024

古枫 026

江南春雪（组诗） 028

一株蔷薇 034

野春 036

春钓 037

暮春登高有感 038

对春天的表示 039

二〇二一年青年节记事 041

夏雨 043

傍晚，在乡村小院 044

发现 047

初到海滨 048

在湿地公园 049

萤火虫 050

山中 052

夜宿茅台镇 053

九月 055

静夜 056

彩蛋 057

银杏叶之美 058

立冬，在香蜜湖公园 060

冬日投影 062

北方的冬天 063

花事（组诗） 065

树·鸟·人（组诗） 067

涟水跫音（组诗） 075

金泉村剪影（组诗） 082

书房 086

和谭敏女士《卖苹果的大爷》 087

和解 090

醒未 091

题《拾穗集》 | 092

II 富有

富有 | 095

父亲的格言 | 097

白铜烟筒 | 098

忆母亲 | 100

头部素描 | 103

菩萨在眼前 | 104

青春期 | 105

向阳的山坡 | 106

写给刘子遇的诗（组诗） | 108

和友人红梅诗 | 124

光影 | 125

玫瑰心事 | 126

玫瑰禅语 | 127

紫薇之惑 | 128

一朵花开 | 129

嗅凌霄花的女子 | 130

神奇的花朵 | 131

与花语 | 132

春天的故事 | 133

杜甫《江畔独步寻花》诗意 | 135

草色青青　137

夜飞鸟　138

秋虫之歌　139

雨　140

怀抱　141

月夜　142

草原望月　143

暮春　144

小雪日之梦　146

大雪节气　147

你是　148

离合　150

牵手　152

聊天记录　153

遥寄　154

喷嚏　156

梦游　157

答疑　159

偶得　161

长安三题　163

Ⅲ　凤凰的传说

凤凰的传说　｜　171

天使　173

左视　174

他们都低着头　175

鸟世界　176

饥饿的猫　177

缺憾　178

山林语　179

被阉割的河　180

宠儿　181

雪线　182

花花与花脸　183

秋蚊　185

蜘蛛　186

理发记　187

钓鱼记　189

大雪之约　191

感觉　193

钓　194

无题　195

理由　196

林中一幕　197

真的　198

矛盾　199

时间　200

速度　201

永恒 | 202

点灯 | 203

依靠 | 205

光 | 206

关于人与万物 | 207

太平间 | 208

坟墓 | 209

总有一些微小变化泄露天机 | 210

I

对 望

在斜阳花树暮霭渐生的小院
面对翠叶如盖的香樟
一位妙人和一只小鸟
在对望

西周瓷器

博物馆展示着一件

西周瓷器

古朴雍容的瓷罐

淡淡的青色泛着微芒

有不可言说的高贵

悠悠的水波

似乎仍可触摸

吟诵《关关雎鸠》女子的情意

丝丝裂纹

述说着前尘往事的深深记忆

在橘黄色的灯光下

她并不显得沧桑沉郁

似乎还对我微微一笑

微笑里散发母性温柔的气息

我想把她捧在手心

轻柔抚摸

从里到外看个仔细

感受那

或幽暗或明亮的

不凡经历

探索那

惊世骇俗的

秘密

慰藉那

千年又千年的

孤寂

奈何隔着厚重的柜窗

管理员冷电似的目光

试图将时空封闭

是夜梦见她淬火现世时

龙翔九天

凤凰于飞

汉字的秘密

每一个汉字

都像祖先的容颜

方正的脸膛

镌刻青铜的刚毅

熏陶炊烟的浪漫和温暖

他们组成庞大的族群

从黑陶、龟甲、金石、竹简

艰辛跋涉、迁徙

扎根在洁净柔韧的纸面

像春草在大地扎根滋生

每一个汉字

都是祖先的遗传密码

独一无二的构造

于明白晓畅中蕴含无穷变幻

令万物各得其所

使一切皆有可能

汉字是祖先留下的食粮

塑造龙的图腾

滋养龙的传人

看吧，他们容光焕发、铁骨铮铮

世世代代在历史的浩瀚时空

乘风破浪风光无限

唯有屈大夫（组诗）

——2024 屈原爱国怀乡诗歌节有所思

唯有屈大夫

很久以来想写一首关于屈原的诗
但总不能如愿。面对诗界绝唱
提笔处
或心慌气短，或泪眼模糊

屈子行吟之地，溆浦
盛大的诗歌节在举办
我的心
按捺不住

他是士人的精神图腾
百姓的人间烟火
他不是神明
却在天地人三界畅行无阻

他的诗有人懂有人不懂
他的品行世人皆敬服

伴随着五月的粽香和酒香
人们用激越的龙舟号子
把他请入
家家户户

两千三百年来
在中华民族乃至世界
得此荣耀者
唯有屈大夫

朗诵楚辞的少年

盛夏，穿岩山风景区山顶
穿楚服的少年排列成雁行
屈原火热的诗句从红润的小嘴
飘逸而出，随风飞扬

他们心里
屈爷爷在招手微笑
他们稚嫩的脸上汗水流淌
小小的头颅高昂

他们还小
不能理解屈爷爷的愁苦与悲壮
凄凉与绝望

但屈爷爷在溆浦的行吟

把他们从山脚带到山顶

他们向往

坐上屈爷爷诗里的飞龙

飞到很远很远的地方

袁隆平先生的神箭

从起点到终点都在田野

他的人生是一条直线

这条线无限长

是标尺，也是弓弦

双脚陷在水田，头贴近地面

他瘦长的身体弯成一把弓

朝向苍天

他用毕生的精力打造一支

"愿天下人都有饱饭吃"的令箭

金光闪闪、神力无边

他是举世无双的神射手

当今被射中的人数不胜数

未来将有无穷多

被射中者解除"饥饿"的魔咒

免于掉落乞怜的深渊

获得生命最基本的尊严

我是被射中者

在安江农校袁先生的汉白玉塑像前

我双手合十，对他说：

我是农民子弟，笔名田辛

寓意不忘种田人艰辛

您也是种田人

不同的是

您走在所有种田人的最前面

您的艰辛

种在世人心田

伏生救危存亡吟

　　题记：儒家五经为《书》（即《尚书》）《诗》《易》《礼》《春秋》。《史记·秦始皇本纪》："非博士官所职，天下敢有藏诗、书、百家语者，悉诣守、尉杂烧之；有敢偶语诗书者弃市，以古非今者族，吏见知不举者同罪。"段玉裁言："经为《尚书》最尊，《尚书》之离厄最甚。"世人谓："汉无伏生，则《尚书》不传，传而无伏生，亦不明其义。"

伏生半躺于椅

眼微合

嘴微张

吐出《尚书》最后一句辞意

徐徐吁出一口气——

细微悠长

数月来夜以继日的述说

几乎耗尽了生命之光

此刻，阳光从窗户涌进来

镀在他蜡黄的头脸上

渗入深深的皱褶

皓白的须发愈加明亮

秦皇焚书已历半个世纪

岁月漫长沧桑

此刻，一幕幕往事复活，他

心潮涌动、起伏跌宕

——咸阳的冲天大火和儒生的惨叫

阿房宫前他满腔悲愤、脚步踉跄

——藏着《尚书》的马车

奔向千里之外的故乡

——归途横死于强盗刀枪的爱子

被病痛夺命时发妻凄惨的目光

——章丘老宅，月黑风高之夜

藏书于内的厚实壁墙

——狼烟四起、尸横遍地的原野

逃难途中的狼狈凄惶

——破壁取书，始则喜极：书尚在

继则恸极：廿九篇虽好，余皆坏亡

——授徒于闾里

传书于城乡

……

一行清泪

在瘦削苍老的脸上

流淌

羲娥为父亲轻拭泪水

不由得叹息一声

自离咸阳，父亲心里烧着三昧真火

直把《尚书》锻炼到脑髓之中

和女儿说书、背书

朝朝暮暮，相依为命

遍尝艰辛、饱经风霜

终于迎来天下平定

父亲欣然破壁

聚徒说书

齐鲁渐沐和煦春风

当父亲年逾九旬之际

皇帝欲礼请

入朝著述光大《尚书》

路阻且长，风险难料

她不能答应

晁大人亲来采录

孰料父亲言辞已含糊不清

所幸她能听懂

逐一转述分明

忆缺失，释语义

她深知

父亲说的每一个字

都是心血结晶

晁错深吸一口气

重重呼出

轻轻放下笔

捧起简册细看

矫若游龙翩若惊鸿的字体

是他颇为自许的汉隶

犹记初见夫子时

衰朽嘟噜之状让他惊惧不已

"伏生与书，绝无仅有

国之重宝，尔谨发扬"

皇帝临别嘱托顿化雷霆一击……

看着羲娥渐生的白发

他暗自感叹：

"夫子有此女，幸矣！"

伏生睁开眼睛

白眉轻扬

接过晁错恭呈的简册

他脸上泛出血色、目露精光

饱满、矫健、鲜活的文字

从藏书金丝缠绕般的小篆脱胎而来

犹如自己的心血喂养

手中文字似乎与那简墙中的文字

组成了庞大的阵容

深远宽广

他看到，尧、舜、禹皇颔首微笑

商王成汤、盘庚神采飞扬

专注演《易》的文王

虔诚诵《训》的武王……

这庞大的阵容

闪耀黑陶、璞玉、青铜宝鼎的光芒

蕴藏黄钟大吕的韵律

金铁铮鸣、鼓角交响

他深信

这些文字将如种子飞落旷野

如熊熊燃烧的火焰将暗夜照亮

壮阔的中华大地

熏风浩荡

光芒万丈

鲜花灿烂

麦浪金黄

他笑了

面容舒展，阳光溢出

春水荡漾

……

一颗古莲的祈祷发了芽

沉睡在泥土中的一颗古莲
被考古学家辨认出来
他小心翼翼地
把她从黑暗中轻轻拨出，刹那间
一道道白色的光箭射中身体
她瞬间晕眩过去

她转移到了一位植物学家手中
"你也许还活着，近千年了呢"
她微微战栗，感觉
那手掌犹如土地般温暖
那厚瓶底后面的眼睛波光粼粼
她不由得发出一声呢喃

她记起，在风暴来临之际
虔诚祈祷，向着那金色的阳光：
"我不要黑暗
要开花结果，子孙满堂"
在失去知觉时
只听到天崩地裂的震响

如今，她置身一方水塘

一股股力量浸润而来连绵不绝

体内山呼海啸

瘢痕遍布的束缚在融解

一束极光冲破躯壳

伴随着窒息般的喜悦

金色的阳光一把抱住

清漪中露出的碧玉笔尖

她触摸这阳光仍是祈祷时的阳光

仍是那么热情、新鲜

一滴泪水流过面颊

她难抑哽咽

似乎觉得哪里有些不对

哦，风有点咸

水有点浊

空气腥了点

人脸夸张了点

她的心思重了一点

一只蜻蜓款款落在头上

依稀是宋诗里蜻蜓的味道

一位少年在朗诵

"出淤泥而不染，濯清涟而不妖"

仿佛看到濂溪夫子徐徐走来
她舒展怀抱

一身新装，亭亭玉立
灼灼光华，缕缕清香
朝着金色的太阳，她祈愿
子孙重现诚斋先生描绘的景况：
接天莲叶无穷碧
映日荷花别样红

登山录

他闯入南山
踏上山巅
把大山踩在脚下
"我比山高——"
他如裂帛般呼喊
"比山高，高，高——"
山谷的回应
无逢迎，也无轻慢

他赤膊、跣足、蹦跳
任性方便
花树无声无息
鸟鸣声淡定
蒿草低眉垂眼
他试图和蝴蝶比心机
却一次次失算
抚摸叶片、藤蔓、瘦石、苔藓
往日僵硬的手软绵温暖
倚靠粗大的马尾松
哼唱一首久违的歌
一遍又一遍

跌坐石上，闭目静听
那些洪大的声音忽然消失
虫子的声浪如潮水般
漫过堤岸
睁开眼，远处城市的噪音
又在耳鼓喧腾
盘桓良久，直到夕阳西下
才默默下山

回首望去
南山像拔节的竹笋
"我不如一只小蚂蚁"
——他显得意兴阑珊

为一滴草尖上的露水唱歌

我确信：草是世上最多的植物
无论种类还是数量
但我认识的没有几棵

古往今来海量的人
我认识的没有几个呀
认识我的也没有几个

更别说如恒河沙数般的星宿了
只听说相距最近的月宫中住着
梦幻的吴刚和嫦娥

地上的蚂蚁也是很多的
我倒是踩踏过无数
它们的痛苦我没想过

所以，请你理解
我为何要为一滴草尖上的露水
唱歌

春风胜过一切温柔

鸿雁在归途
天地涌动的气息浩瀚而温暖

枯瘦的河湖日趋丰盈
巨龙震颤　跃跃欲腾
新绿席卷
七彩洇漫
孩童清脆的歌声
飞上云端

顺着气流
它时而滑翔舒展
时而振翮高飞
时而引吭呼喊

春风胜过一切温柔
亦超越所有誓言

湖　畔

常春藤布满了花骨朵

有几朵张开了媚眼

女子独自徜徉

长裙胜雪

令白云脸色

暗淡

春风摩挲裙摆

太阳梳理青丝

神秘的微笑

让绿水骚动不安

模仿成碧波万顷

翻飞的鹭鸟

显得有些忙乱

初　春

之　一

沉寂已久的土地下
潜龙翻腾咔咔作响
由远至近，由近至远
地面冒出一个又一个奇迹
她们联袂请来
大雁天鹅紫燕黄鹂……
明亮的歌声徐徐响起
一点点除去
天地间的灰暗和忧郁
草色遥看近却无的江堤
一架风筝
飞得有些吃力
小男孩的笑声，被跳跃的风
从彼岸追到此岸
从东追到西

之　二

春雷已炸响过

风柔了些

雨软了些

土酥了些

小兽从洞里爬出来张望

水波细碎了些

仿佛有心事似的

柳丝垂下的新绿

弓成垂钓者收竿的弧度

在天地之间

舞动

古 枫

春三月
草色尚不分明
莺儿也才试飞
桃花含羞初放
村里一株古枫已举起
青春的火炬

谁也不知道
这株古枫的年岁
它粗壮高大的身躯上
有雷劈过的痕迹
有火烧过的痕迹
有斧锯留下的痕迹

此时，这些痕迹似已不见
半大的嫩叶薄而柔
过滤阳光后的新绿
有如翡翠般明亮
让人一见心就酥软了
群鸟在枝叶间载歌载舞
细碎的光斑铺满一地

几个孩童在其中嬉戏

古枫的青春一年一度
数不胜数
我的青春如树叶制作的
陈旧书签
我尝试着隐入时光
成为刻在古枫身上的一道年轮

江南春雪（组诗）

一、瑞雪

一场大雪铺天而来

茂盛的雪花快速降落

如负责之信使

如归客在途

素面朝天行色匆匆

一点也没有冬雪的飞扬跋扈

使人怜惜和不停看顾

雪积于绿树

如大朵的棉花和大块的棉絮

绿色仍随处透露

不像冬日冰雪冻树

寒气如剑气

生机凝固

茶玫花朵涂抹了脂膏

红艳而娇羞

地上积雪厚了

踏上去松软如酥

沙沙的轻响让人心神有些恍惚

此时赏雪不宜煮酒围炉
而当扫雪融水烹茶迎春
或者捧雪在手
搓一搓
握一握
亦有如饮春茶般的清爽、舒服

雪花仍在茂盛落下
如归客、信使般，停不下匆匆的脚步

二、感觉

雪朵儿很大
义无反顾似的快速降落
姿态柔美
这天庭的娇客
在这个时候降临
似乎有点儿使气任性
似乎怀着春情
怎么看都有一些暧昧的意味
雪落无声
大地敞开怀抱
一丝丝暖意生发

是她欢喜的

也是她畏怯的

三、孩子

积雪盈尺

雪花满天

一个男孩和一个女孩

快乐而又认真地

堆雪人

他们堆了一个女孩

用红纸贴嘴和腮

用荔枝核做眼

用桂树枝叶做小辫

用橘叶、竹叶、香樟和石楠叶做裙子

男孩拍着手笑：好漂亮，好喜欢

他们并排堆了一个男孩

头上盖了块圆圆的柚子皮

腰里系了根蓝色布带

看上去有点顽皮

他们给两个雪孩子围上红围巾

牵手大笑

暮色使雪色渐趋暗淡

小男孩说回家吧

小女孩对雪孩子看了又看

说道：他们晚上会不会害怕？

猫和狗会不会捣乱？

堆只老虎保护他们吧

不一会儿

一只威武的老虎

卧在雪孩子后面

四、梦

是夜我梦见睡在唐朝都城客栈

更鼓频敲

灯花拨了又结

光影摇曳

梅香酒香和炽炭的气味交融

三五好友已醉眼迷离

唱曲者断断续续如歌似泣

又一坛花雕已见底

我踉跄着出去买酒

却买下了老翁的一整车炭

酒友朝我咆哮

施以老拳

我喃喃自语

太白的雪花大如席大如席

眉毛胡须是冰碴

老翁的脸

早晨
雪如新棉厚厚堆积
封堵了客栈的门和窗
满眼雪光熠熠

五、化

瑞雪下了一天
院里的茶树桂花树被雪压弯了腰
凤尾竹梢已垂到地面
我担心它们被压断

早晨起得迟了些
雪不知什么时候停了
树与竹伸直了腰杆
绿叶间剩有斑驳的残雪
有鸟儿在树上跳跃鸣叫：
咿呀，化了
咿呀，化了

六、伤

大雪初融

独自去森林公园赏景

所见令人无比震惊
合抱的马尾松横七竖八倒卧于途
粗大的玉兰拦腰折断
香樟、石楠、青冈栎肢断身裂
伤口触目惊心
坡谷皆死伤枕藉
皑皑春雪竟有些狰狞
潺潺雪水有如山林的眼泪
淌个不停

一片片轻盈的雪花悄悄地
对树木大张杀伐
莽莽森林竟有着如此
不能承受之轻

一株蔷薇

山谷里水潭边
有一株蔷薇
肆意地生长
肆意地绽放

她的花是纯白的
花朵大小恰恰好
不像玫瑰牡丹硕大
也不似兰桂纤小
有暖玉的温润
清香缥缈

花叶蓬勃之下
藏着隐秘
茎蔓上的刺粗而锐
花梗花萼上的刺细而密

这是自由的蔷薇花
可以随风弄影
可以观山岚流云
可以赏鸟鸣鱼音

也可以照镜梳妆

浅笑低吟

这是有个性的蔷薇花

许蜂来不许蝶来

蜂的口吻可以直达心底

知晓甜蜜

蝶的诡计被她看穿

随时对以独门暗器

她天生不能被用来牺牲

俯伏而多刺的茎梗

难以采折

不宜装在瓶罐

她一年一年生长

一年一年绽放

水潭的一面都成了她的领地

茂茂盛盛

安安静静

堂堂皇皇

野　春

嫩叶在树梢微微颤动
阳光透过树林雕刻土地
一片黄叶悄悄落于光斑
触碰金龟子的彩衣
蔷薇枝叶青绿闪亮粉花恣肆
黑土蜂无所顾忌
红蜻蜓在白茅叶尖站了很久
空气中有微甜的气息
还有一丝土腥味……

我久坐石上
忽然心生欢喜

复生惭愧

春 钓

一池春水
绿树野花、蓝天白云
以风之笔
调和出绝色

是春酒
鱼在水面醉眼蒙眬
浮漂醉得摇摇晃晃
鱼钩倒是清醒，在水底纹丝不动

于大树之下
静坐终日
谁晓
鱼情我意

暮春登高有感

暮春登高怀山野

新绿染林

满目清明

远岭连绵如锦屏

枝上余花时摇曳

缕缕暗香入心

远眺孤云

闭目且听

三声两声鸟闲鸣

终是难于入定

对春天的表示

诗人说
应该对春天有所表示
是的，应当卸下冬天的盔甲
接受春天的洗礼

看来自青藏高原的云朵
成群结队向南飘移
春雨向大地倾诉衷情
畅快淋漓
听大河冰面嘎嘎开裂
披星戴月的候鸟
抒发南归的诗情画意
给轰轰炸响的雷霆鼓掌
给被冰雪冻殁的鲜嫩行注目礼
跟小草说话
跟绿叶握手
跟画眉嬉戏
对蜂蝶礼赞应该可以
欢呼繁花似锦则大可不必
想要收获色彩斑斓
不如开垦那块荒芜已久的土地

不妨向春风宣告
你吹遍的万里河山
都装在志士心里

二〇二一年青年节记事

今日天气预报：小雨，微风

是垂钓的好天气

从清晨第一声鸟鸣中弹跳而起

我们驱车来到白马水库

匆匆选位，抛竿

屏声静息

天越来越蓝了

神忘了放逐云彩

库水与之仿佛，故照不出天的影子

东边天际光芒铺开

太阳赫赫升腾，温度在赛跑

汗层层冒出来

脸膛、前胸和手慢慢变红发烫

"明天立夏，今天发神经"

——有人神情难耐

幸而有鱼一尾一尾出水

让钓者忘了汗在飞

午后，神把云放逐出来

乌云囚了太阳封了天空

风骤起，白浪翻飞，鸬鹚站立不稳

急雨被锻成箭，射地成坑

我们像从战场溃退的败兵

回家路上，开始有些沮丧

但不久就有人兴致渐涨

"今天是青年节"

晚餐当煮鱼喝酒歌唱

还要约几位好友来分享

"可我们老了，早已跟青年说再见"

"心年轻，又何妨"

于是选了家小酒馆

"老板，鱼煮一大锅

酒要浓，茶要烫。"

尽欢而出，

但见浓云渐散

星光乍现

风竟吹痒耳根

有人说，这青年节过得有意思

浪漫莫如变幻莫测的天

夏　雨

久晴。旷燥
天地间情感复杂
相互释放云朵
意图表达
苍天终于激情澎湃
刷刷刷，刷刷刷
书写千万行情书
哗哗哗，哗哗哗
倾诉热烈的情话
大地满脸羞涩，泪眼汪汪
遍开水晶之花
缠缠绵绵，缠缠绵绵
共织一匹彩练
在胸前悬挂
一双情侣在其间跳跃，奔跑
来来回回，来来回回

傍晚，在乡村小院

炎夏把整个城市变成了
烧红的炉灶
周末，我们驱车朝
四十公里外的乡村行进
连绵的绿色如拔火的凉井水
燥热的肢体在退烧

土砖结构的乡村小院
隐于绿树竹林
慈祥的大娘为我们
指点迷津
屋内陈设简朴
庭院鲜活清新

男士们摘黄瓜沏青茶
兴致高涨
五六个难得下厨的时髦女士
占领了厨房
弹奏锅碗瓢盆交响曲
调理青黑赤白黄
窄小的空间容不下

欢声笑语和浓香

三个孩子的馋虫被勾引出来

小餐桌上的菜肴被他们吃光

我喜欢独自散步

一个个硕大的西瓜在蔓叶间裸露

田地捧着肚腹

像即将分娩的样子

池塘水面上青草一根根沉下水去

或沙沙直下

或晃晃悠悠

那是草鱼在展示它们的

行为艺术

塘堤上格桑花半开半谢

我反复走过，屏息蹑足

蜻蜓、蝴蝶和一只翠鸟

在忙碌

青山的影子潜滋暗长

不由分说地

把我的身影盖住

青山是我的图腾呢

我采集种子

拍摄照片

于山影深处静坐

在城市的钢筋水泥森林里

这些，已够我消化一段时间

发　现

夏天的绿叶

铺展了一层又一层

置身于无边单调的绿色

有时如深陷大海的一芥孤船

昨夜风雨，晨起散步院中

地上散落许多黄褐如舟的花瓣

抬头仰望

满树都是玉兰洁白温润的笑脸

哦，她在高处

绽放已久

而你每日垂头走过

并未发现

初到海滨

傍晚，我来到海滨

大海似乎认识我

或者和我有着某种情分

他不停地后退，后退，后退

像古时指挥战斗的仁君退避三舍

而我是个莽撞的将军

朝大海逼近，逼近，逼近

甚至用脚撩水戏弄

把大海遗留的螺、贝、蟹当战利品

君临天下般朝海大吼数声

早晨，我又来到海滨

昨晚退去的地方已被大海占领

他的领地还扩大了一圈

撩水之处一片蔚蓝

我感受到大海的无边敦厚

还有威严

情不自禁地脱下衣服

投入他的怀抱

像解甲的将军回归田园

在湿地公园

夏日上午的湿地公园

像恬静的少女

阳光明丽

万物皆得所宜

风从水面、芦苇、树梢所过之处

引发蓬勃之力

弹跳而起

鱼群在碧水中静止

轻舒尾鳍

她信步徐行

迎着太阳走

看不见自己的影子

透过缝隙

看得见阳光的路径

背着太阳走

白亮亮的光里

明晃晃的身影

不即不离

她的面容有时沉静如水

有时露出笑意

萤火虫

视力不好
月明如昼也要
提着灯笼

生性胆小
习惯在田园、小径和庭院
且看且行

相比璀璨星星
孩童更着迷于眼前的
闪闪烁烁

一明一暗移动的绿色光点
给乡间单调的童年
平添神秘和趣味

囊萤夜读的美谈延续了近二千年
锦衣玉食的少年玄烨不信
又能怎样

城市的灯火里不会有它的身影

但不管往后多少年

田园在　它在

山　中

清晨

在酣睡中被鸟弄醒

又在群鸟吵闹中

沉沉睡去

直到太阳从窗棂中伸手

摩挲眼皮

夜宿茅台镇

夜幕降落山峦

渐渐在赤水河谷上空悄悄合拢

茅台镇区像蒸酒的巨甑

河水平缓

两岸灯火璀璨

酒店林立酒品琳琅酒香弥漫

路上有人脚步踉跄自言自语

从早晨进入镇子起

就被奇妙的酒气包围、浸染

此刻我漫步长街

竟有些微醺，有些痴憨

进到一家酒店

同行中有人双目放光嗓音倍增

沽酒品酒买酒论酒

主客相得其欢

我不喝酒，店家说无妨

闻香亦得其趣

他倒了些酒在手，来回搓动

然后展掌于我鼻前

顿觉异香直入肺腑浑身舒坦……

我从酒香中醒来
旬日难以安眠
昨晚竟睡得香甜
信步来到赤水河边
河水波光粼粼如处子浅笑嫣然
水面上薄雾似酒气氤氲
迷人的酒香如影随形
她在赤水河谷逍遥了两千年
将整个茅台镇陶醉成酒仙

九　月

九月的阳光

透过橘色的百叶窗照射进书房

澄澈的光和空间着了色

缕缕清香不知来自何处

四周安详

是阅读的好时候

但此刻

我更愿意冥想

静 夜

四周静谧

夜色如水

星星隐隐

载沉载浮

我安坐户外

如海底礁石

忘却了天荒地老

一条小鱼

从罅隙中探出头来

眨眨眼睛，吹一个水泡

向星星发射

光和信号

一颗星以花开的姿态

在天外燃烧

彩　蛋

春风徐徐深入身体
我除掉盘根错节的杂草
将院内荒地开垦成
一颗鹅蛋的形状
从网上买来天花乱坠的花种
种下后只长了孤零零的几棵苗
像流浪三毛奇怪的头
我只好在野外采种
播撒后长出齐刷刷的幼苗
每天看那些小精灵舒眉挥手
我迟缓的步履轻快不少

绿蛋逐渐变成彩蛋
上空的云霞搔首弄姿
看客的眼神有酸梅的味道
妻子夸我陪她多了
其实是我在孵化这颗天赐的蛋
饶舌的鸟知晓

银杏叶之美

一

深冬时节

在南方

银杏叶仍然站满一树

纯正的金黄

典雅而高贵

在冷冽灰暗和沉闷的时空

宣示太阳的色彩和温度

这时的她也许正是

东坡眼中的

圈圈点点文章

我想起

故乡雪夜的炉火

橘黄灯光下

母亲慈祥的脸庞

凝眸良久

眼睛从模糊渐趋明亮

二

银杏叶片在飘落
缓缓地从容地
如赴君子之约
我从地上拾了一枚
捧在手心
它并未枯萎
仍有光泽
脉络格外清晰
心的形状
刺痛了我那
沉寂已久的心
我想
它适合做一枚书签
放在珍藏的书里
若是和这个世界告别
愿如此叶随心如意

立冬，在香蜜湖公园

天空明净
金色阳光无处不在
挺拔粗大的木棉、椰树
树身涂抹淡黄
湖水是浅浅的蜜色
微微荡漾
便桥边几条硕大的青鱼
悠悠游动
人来了也不懂潜藏
黄灿灿的决明花青春焕发
饱满且蠢蠢欲动的一树
洋溢着甜蜜芬芳
鸟在花树里轻声细语
一只蛱蝶款款飞来
带着一缕花香

今天是立冬
我来自遥远的北方
流连在这里
失去了时序的方向
我有一种奇妙的感觉

仿佛置身白衣女郎心脏中间

右心房温暖如春

左心房有些寒凉

我选择向左

可以发出些光

增加些热量

冬日投影

冬日的阳光

从窗口进来

照射在一尊偶像

和一盆兰草上

庄严的偶像有了些暖意

文雅的墨兰有了不一般的鲜亮

它们一高一低

投影于墙

即使投影

也能看出内心的模样

北方的冬天

黄河以北的冬天

北风浩荡呼啸

冷冽刺骨

把枯朽的多余的虚伪的东西

尽数扫除

留下坚实　劲峭　山瘦水枯

地里结着狼牙霜

雪子砸疼肌肤

大大小小的河流

冻得坚固

屋檐垂下长长的冰凌

窗玻璃冰花密布

雪花

大如朵　大如席

铺天盖地

以单一之色　塑造

山舞银蛇原驰蜡象的雄浑壮丽

以神来之笔　勾画

千山鸟飞绝万径人踪灭的静寂

这样的冬天

降伏了躁动喧嚣

皑皑之色让人清醒

并不觉得单调

水凛然不可犯的骨气

可以充分领略到

烈酒性情奔放

围炉纵论有浓酽的味道

孩子们在雪地里装扮的童话

让成人有童子般的笑

祖国幅员辽阔

我住在温暖的南方

南方冬季

少有冬天的模样

当身体倦怠神色萎靡

我期待冬天来临

去向那遥远的冰封的

北方

花事（组诗）

1. 春花及之外

春天花事旺盛
万花如超市商品目不暇接

令人记忆深刻的还数
荷花桂花菊花梅花
她们依次站在春的后面
不动声色

2. 荷花

于炎炎酷暑漾漾清波中
吟吟含笑亭亭玉立
似迎还拒
"和而不同，和而不同"
——夫子观荷后语
"可远观而不可亵玩矣"
——千年犹颂周敦颐！

3. 桂花

月里吴刚为何要砍桂树？
是桂香引发孤愁酒狂
地上的桂花当来自仙乡
或金或银，星光闪耀
那么小，如鸟中精卫固执地
用浓香填虚空疗情伤

4. 菊花

霜菊如侠客
"怀此贞秀姿，卓为霜下杰"
"满城尽带黄金甲"
"宁可枝头抱香死"

5. 梅花

如同隐士
千山暮雪，一骑绝尘
当梅花破颜而笑
蝴蝶绝迹
蜂儿亦还巢
那潜滋暗长的清香啊
穿云透雾提神醒脑

树·鸟·人（组诗）

小　院

院子不大
住着几户人家
一棵高大的香樟树
枝繁叶茂
是鸟的乐府
鸟儿大多是过客
也有常住
三楼的书房
从宽敞的窗户
可以伸手触摸到枝叶
一位女子
天天于书房独处

小　鸟

树上有只好奇的小鸟
在青枝绿叶间蹦蹦跳跳
也爱躲在浓荫处痴痴打量

歪着小脑袋　收敛起羽毛

屋内的女子
秉笔书写　眼眸明亮
脸上有悲喜阴晴
变幻风云
许多缕阳光透过窗帷
滑落于她浅绿色的衣裙

这是只殷勤的鸟儿
它跳舞唱歌
梳理翅羽
变换着飞翔的姿态
想让那谜一样的高邻
瞧一瞧　乐一乐

它不停地诉说
你看这庭院秋色
多么美好
桂花正香木槿花华美
阳光金黄暖和
可那人无心他顾

树上有只委屈的小鸟
它的心事无人能晓

对　望

秋色渐深
秋意渐浓
在某个宁静的黄昏
小鸟在枝头又一次向芳邻呼唱：
金果低垂，何不采摘
诗酒宜时，竹篱菊香
明明如月，可掇可赏
不肯一顾，心向何方

埋首于书桌前的人抬头
如满月般的脸庞
莞尔一笑
小精灵焉知我所想：
灵山有果，食之飞升
瑶池可饮，玉液琼浆
心花若开，芬芳万里
璞玉若解，隔物现光

在斜阳花树暮霭渐生的小院
面对翠叶如盖的香樟
一位妙人和一只小鸟
在对望

小鸟的忠告

室内那女子

看完信笺　端茶

暗暗发笑

她笑得狡黠

仿佛狐狸正得意于设计的

小小圈套

仙女是不会使坏的

我的朋友

你要知道

画眉轻唱

仲秋九点钟的阳光

经过薄雾和金桂香气的浣洗

洒落在

香樟树上

树叶和画眉的羽毛有

淡黄的光芒

画眉飞上树梢

看那芳邻书房

精致的书架间
新点缀了绿萝紫菊和迷迭香
东墙昨日挂的一双白鹿
在烂漫花径徜徉
雅室飘送芬芳
让画眉忘了歌唱

往日此时
那人必坐于电脑前
玉指灵动　心驰神往
或者就一碟点心
喝一盅茶汤
哦，还会燃一炉檀香

那人还未出现　是否背上行囊
去向远方

来了来了
她来了
身姿曼妙秀发飘扬
脸上有红云
眉眼有喜色
也有淡淡的忧伤

咦，她如何会点燃线香

双手合十

端坐菩萨前？

保重啊，谜一样的人儿

画眉发出

一声轻唱

影

明月从山南

升起

　　　　升起

　　　　　　再升起

浓缩

香樟树

巨大的　漫长的

孤单

女子从书房出来

到了树下

亦相对无言

地上唯印有

一个

圆

香樟树

大雪时节
女子在窗前
长久地注视
碧桃紫薇樱树瘦骨嶙峋
银杏最后几片黄叶岌岌可危
香樟仍然茂盛
树叶像青玉
泛着幽光
漆黑的籽粒
不动声色
枝叶深处
传来鸟儿窸窸窣窣之声

女子心想
裸体的树失了体面
那些孤零零的树木
或许是绚烂时过于绚烂
不懂保留
被冷飕飕的北风抽打得体无完肤
香樟一年四季稳重淡然
不随秋风起舞
不惧严寒催逼

保持着一棵树的尊严
树有尊严
鸟儿才感到安全

她的目光越来越柔和
浅笑嫣然

涟水跫音（组诗）

涟水源头

秀美神奇的湘中腹地
在青山奇峰　城郭乡村　遍地锦绣之间
五百里涟水奔流不息
所过之处
世代文明的奇葩　灿若星辰的英杰
让世人瞩目　惊异

她以卓越的姿态东流入海
她来自何方？源自哪里？

相约好友探寻母亲河的秘密
在上游尽头蹚着小涟河的粼粼玉漪
到岳坪峰南麓
循着涓涓银泉追踪至山中水穷处
顺竹筒接水的长龙看泉眼趵突
何处是源头？
山民笑指：要问这四十八面龙山
我若有悟

站在湘中第一峰岳坪峰顶眺望

山脉连绵　峰峦百态千奇

群山簇拥　龙山雄踞天地

万山叠翠　雾走云飞

我忽然明了　涟水源头就在

缭绕龙山的云雾里

野蛮生长的丛林里

坡谷环珮叮当的声音里

她的源头其实在这方热土上

每个人的心里

水府庙水库

两山之间的大坝　像一把巨锁

使得蜿蜒而行的涟水

有了汪洋大海的气度和模样

吞下谷水古镇喧嚣的车马船龙

水府庙的灯火和宋窑的灵光

吸纳楚南大地的神秀

将天上的星宿

镶嵌在胸膛

涟水的精魄

在闪耀　跳跃　鼓荡

艳阳普照的明媚

月夜的静美

烟雨笼罩的缥缈迷蒙

这些因水而生的

柔情蜜意

令多少人神往

也有让世界震惊之时

当洪水滚滚扑来　汹涌膨胀

十四扇闸门高张

巨流如奔雷闪电　似群龙倒海翻江

南面壁立的天门大山不禁战栗

可两岸居民却酣然入梦

仿佛是涟水的心脏　日夜把新鲜血液

输送到城市村庄

仿佛有禹王的法器

护佑着万千生灵　四面八方

洙津渡·万福桥

"走尽天下路，难过洙津渡"

弯急　浪恶　滩险

多少行人望河沮丧绝望

庶民徐公明对天发愿
要让这险渡变通途
方便行旅　造福苍生

九拱　十礅　六十丈
青石条　青石方　青石板
横空出世　身姿伟岸
像坚硬的脊梁　像静卧的青龙
扛起万千重负
令涟水野性收敛

接连繁忙国道的奇迹
过客无不惊叹
在这交通五省的咽喉之地
滚滚人流车马奔向丘陵大海高原
多少喜怒哀乐苦辣酸甜
被时光的尘埃掩埋

三百年啦
该歇歇啦
旁边取代的现代大桥声浪喧天
阅尽沧桑的古桥沉静安然
雍正题赐的"楚南大观"无处可觅
"万福桥"的名字深刻在桥沿

碧　洲

郁郁葱葱的碧洲
像河中巨石（动石脑）上系着的孤舟
停泊着涟水流域游子的
乡情与乡愁

许是爱这龙城的风流
滔滔涟水到此性情大变
分分合合　合合分分
由急趋缓　晃晃悠悠
将璀璨灯火人面桃花参差高楼
敞怀揽收

自古洲上只有野树草莽和禽兽
还有流传已久的魔咒
如今风光如画的公园
令男女老幼尽情畅游
永久洲民曾国藩黄公略
一个在东头　一个在西头

我喜欢看太阳和月亮升起时
右岸巍峨的镇湘楼
影子悄悄地走过来柔柔地贴上碧洲

喜欢晨昏静坐洲头
左岸涟滨书院的琅琅读书声
仿佛随涟水涌流

褚公祠·洗笔池

公元六五六年春　又到休沐日
老者褚遂良走出谭洲府院
一袭布衫　神色儒雅而刚毅
登上停泊在江边的小船

小船出湘江溯涟水而上
桨声帆影碧波锦鳞花树夹岸
伏虎古井的香茗感应寺老僧的慈眉
如在眼前

船行百余里
在碧洲芳渡上岸
仍住城东濒临涟水的感应寺
最爱这水光山色梵音香烟

万千感受奔涌心头
书作如群鸿戏海妙到毫巅
洗笔清池墨沁于水
朵朵墨花缕缕春云徐徐飘远

池水潺潺入涟滔滔向东

不败的墨花开放了千百年

湘乡人敬慕忠臣文豪

褚公祠和"洗笔池"的石碑见证怀念绵绵

金泉村剪影（组诗）

题记：金泉村位于湖南省湘乡市西部山区，原来属贫困村，于今成了遐迩闻名的新农村。

山　势

这里山峰奇异
荆紫峰高矗南面，如大鹏振翅
雷子顶北向峙立
传说与荆紫峰争雄而遭雷击
山顶齐平，痕迹犹存
西边龙山之前
大旗峰小旗峰若有指引
虎山狮山象山从东方而来
似踞，似扑，似奔
这奇山异峰
是亘古以前风云际会幻化
还是神灵布下的奇阵？

荷　韵

群山环抱之中

千亩荷花竞相绽放

晕染了心猿意马的云朵

年轻了古老山峰的面庞

在粉雕玉琢之海

人们恣意拍摄

诗情画意传向四面八方

纯朴的乡音对话南腔北调

脸色如荷花带露开放

亦如素面朝天的莲蓬饱含希望

溪水载着童稚的欢笑

从两边山脚下潺潺流淌

溪涧中也回响

成年人纵情的歌唱

金泉湖如一张巨大的荷叶

铺展在荆紫峰下荷塘之上

傍晚时人们最爱在荷塘湖堤流连

沉浸于湖光山色幽幽莲香

蝉鸣和蛙鼓的曲调和缓清凉

抚慰城里人被苦夏炙烤的苍黄

置身荷海

我想写一首诗

但这醉人的神韵难以名状

心里既欢喜，又彷徨

莲香节

八月，莲子渐次成熟
莲香节香艳了古老山村
车与人络绎不绝
笑语欢声回荡在
荷塘、庭院、树林
颗颗白莲珠圆玉润
游客摸了又摸，嗅了又嗅
买了又买
打电话把好消息告诉友人
果蔬、稻米、土鸡、干笋……
琳琅满目的特色产品
吸住了游客的脚步
市长直播带货之处水泄不通
惊呆了大爷大娘的眼神
入夜，村部前坪灯火通明
鼓乐喧天
花鼓戏像陈年老酒
酣醉了村人的心

民　宿

山环水绕、茂林修竹之间的农舍

吸引着城里人入住

有人说找回了童年的时光

有人说尝到了妈妈的味道

有人感叹不再失眠

每日沉睡到天大亮

在城里安家十多年的村民王三

将水库旁的老宅用心装潢

他的精品民宿即将开业

见人便笑，喜气洋洋

书　室

崔家冲是一条蜿蜒的青蛇

长约两公里

青山巍巍，古木参天，翠竹摇曳

芳草野花遍地

冲里十余户人家几年前已搬到山谷口

市作家协会慧眼识珠

将一栋废弃的老屋改造成

古色古香的新居

门首悬挂匾额：金泉书室

成为作家们心仪的创作基地

常有人在此散步，驻足，静坐

或安宁，或忧伤，或欢喜

"谁料想招来这么多文曲星"

村民觉得这熟悉的山冲有点神奇

书　房

我的书房不算大

书籍也不算多

但差不多能容纳宇宙

像是从历史深处开辟了时光隧道

遇见神态各异、层出不穷的人

敬畏爱恨

喜怒哀乐

任意消解、承受

无须室名

何用室铭

一盏茶

一卷书

一屋子经过岁月淘洗的时光

已然足够

和谭敏女士《卖苹果的大爷》

卖苹果的大爷

一心唱着情歌

眼里

无市井

无苹果

无顾客

是情痴？情伤？

还是如庄子般鼓盆而歌的

隐者？

这光顾的人

着实难得

她从容地

成全

欣赏

并且愉悦

这个世界或许真有得道高人

有缘便遇到

识得

［附］ 卖苹果的大爷

谭敏

卖苹果的大爷
拿着手机在一遍遍学唱
"妹妹你是我的人呐……"

问他苹果甜不甜
他瞅我一眼
似乎我多此一问
问多少钱一斤
他指指货车上的纸牌
继续陶醉于自己的歌声

纸牌上标着价
电子秤放在地上
二维码挂在秤旁
苹果饱满鲜艳
我莞尔一笑
自助挑选　扫码付账

"妹妹你是我的人呐………"
破锣嗓音伴我走过百米老街

一株爬藤甚好

秋阳也明媚

大抵这世间种种随缘

都有着旁人不懂的快乐

和　解

邻家合欢树长长的手臂
伸展于我家柚子树上
如手搭凉棚

合欢花美艳
热情而又不失含蓄地开放
茂盛的柚子树叶
不如过去鲜亮

有人劝我截了合欢的长臂
我说，算了吧
秋风会让他们达成和解
当合欢花叶落尽
柚子树也会黯然神伤

醒 未

啪哒一声关掉灯光
正襟趺坐
微闭双眼
窗外的雨声立刻清晰
且连成一片
雨珠接地时开的花
极其迅速湮没的凄清
也在脑海里出现

最好的状态或许是
雨在下，甚至越下越大
我醒着，但听不见
那云雨以外的地方
却渐渐明朗
渐渐，渐渐渐渐
屈乎邈远

题《拾穗集》

田地已收割

秋风在旷野徜徉

像清瘦的行吟诗人

咏叹鸣蛩的感伤

草垛的落寞

追忆溢彩流光

钟情于一双粗粝的手

这双手在这片土地扒摸、挫磨

对土地的脾性

了如指掌

瞧，这双手正捡拾

遗落的稻穗

它们仍弯着腰

谷粒尚壮实且有余香

II

富 有

富有莫过于他们对我
真挚的爱

富 有

夜宿武陵源与永定区接壤的

白马山腰

我把清风放出去

让他把暑热收起来

一遍遍演奏迎宾曲的

是蟋蟀知了和鸟儿组成的交响乐队

我让他们改奏小夜曲

因为我要放牧群星了

瞧，他们饱吸负氧离子

目光晶亮，多么可爱

月亮是我的雪绒牧星犬

我有些倦了

叮嘱它不可懈怠

清晨，我巡视群山

他们在曙光中面露喜色

是我久违的兄台

我巡视格桑花

她们列队欢迎

一个个笑逐颜开

呵，她们是我的姐妹

我巡视稻田果园菜畦鸡舍

土家人对我说

你想要的都可以带回

我的家人和我夜宿于此

他们满面春光

当然，富有莫过于他们对我

真挚的爱

父亲的格言

是十二三岁的年纪
沙土路上
七八个岁数相仿的小子
在争吵哄笑中学骑单车
那时单车在乡间
稀罕如皇帝的龙椅
小子们争先恐后
有的摔得灰头土脸皮破血流
也毫不在意
我好不容易抓到车龙头
被人一把推倒在地
眼含泪水爬起来刚要追过去
父亲粗糙的大手扼住我的手
一言不发地一路扼着
回到家里
他只说了一句：
有本事自己今后买辆车骑

父亲平时话语不多
直到如今，这句话
包括他说话的神态和语气
我时常想起

白铜烟筒

小时候，父亲的白铜烟筒
令我纠结

那精致的烟盒上图形简约
延伸到烟嘴的筒柱弧线优美
在匮乏的年月
这是家里最贵重的东西
是他唯一心爱之物
一日不可或缺

他有时如巨鲸吸海
烟锅里烟丝瞬间猩红又迅疾成灰
喷射的烟雾如大海的怒涛
亦如瀑布倾泻一去不回

有时如蚕食桑叶
烟丝缓缓燃烧，徐徐熄灭
吐出的烟雾似出岫云岚
又似渺渺烟波

常常抽一锅就起身忙碌

也曾久久地抽
且久久地沉默，凝重的烟雾
压着灰白的头

皱纹、眉毛、脸色
随着变幻不定的烟雾变化
但他从未叹息过，有时还捧着烟筒给我们讲个故事或笑话

他离世后，我再没有见过
谁的烟筒摩挲得那么锃亮
也没有再见过烟雾
如此形态各异且有不同的重量
至于他吸烟的神态
最高明的行为艺术家也无法模仿

忆母亲

月光很亮，很亮

沙土马路像铺展霰霜

母亲的脸发白

似乎从来没这么白过

牵我的手不如往日温暖

微微有点凉

她去借米

让我陪着走一趟

一高一矮的身影

明晃晃

山峦房屋树木静默

只有寒蛩偶唱

初冬的晚上

母亲把我从床上拽下来

带到厅堂

桌上放着一把荆条

她坐着，生气地责骂我

数落我犯的错多么不可原谅

突然，她滞凝了一会

——我的赤脚

吸引了她的目光

"我还没死，你就打赤脚"

这句话她重复多次

我领会不到她的暗示

像一只发呆的小羊

她叹了口气，说

"去睡觉，明天再和你算账"

她从未打过我

这唯一可能的责打

草草收场

令我惊恐的是母亲的手

皮肤粗粝，手指粗壮

冬天皲裂一道道伤口

黧黑中露出猩红

动一动就渗出血珠

伤湿膏和蛤蜊油其实帮不上忙

时不时的冷水浸泡

犹如雪上加霜

夏天一条条清晰的黑色瘢痕

仿佛留存母亲皱眉龇牙的痛伤

那时我常想

母亲的手像山坡上那棵

古松的树皮

黢黑绽裂

孩童用刀砍破树皮点火玩耍
留下伤痕累累、松油滴淌

如今，我在她的墓地
栽下碗口粗的松柏
每次抚摸粗糙的树皮
战栗并柔软了心肠

头部素描

——忆一位逝去的老教师

他的头发全白

粗而密

修剪整齐

像一根根排列的

微缩粉笔

他的脸色

像熟耕的红土地

脸上和额头的皱纹

像密密的梯土

他说是被朝鲜战场上的战火

煅烧过的土地

我每次见他总疑心那里面

会长出东西

后来才明白：是笑

他开口便笑

就连独处也微微含笑

宛如开花　并且

使那饱经风霜的土地

始终保持着张力

菩萨在眼前

无论对什么人说话
都平和动听温暖
就算是情绪冲动的人听了
也会慢慢舒缓

无论什么情况下
脸色都柔和生动亲切
像四月的春风轻轻拂过
让人身轻心软

跟她接近过的人
都忘不了
也有许多人念及与她的
一面之缘

和颜悦色
如菩萨般
源于
仁心善根

阿弥陀佛
菩萨就在眼前

青春期

凭窗眺望　春色浩荡
两棵大树正处在青春期
青年湖正处在青春期
山峦正处在青春期
每年这个时候
它们汹涌澎湃随心所欲

我的青春期已是记忆中的
游丝片羽
但愿春风仍不弃我
赐我奔走的自由与欢喜
许我以解放、汪洋、蓬勃
我以勤勉予春风慰藉
头脑要盛满种子
胸部要开遍鲜花
腹部要芳草依依

我祈求春风
许我一年一个青春期
那山涧幽草年年新绿
不也是天意？

向阳的山坡

父母的墓地在向阳的山坡

每次祭扫完毕我都或站或坐
不说话也不祈福
只是抚摸黄花的喇叭和白茅的古剑
它们陪伴我身旁
只是静静地看——
看一只蓝蜻蜓朝我转动黑色的复眼
——它来自哪里去往何方？
看松树皆沉默
虽然它们见多识广
看延伸到远处的道路曲折漫长
看远处的房屋田地山脉
更远处的湖泊像烂银一样闪光
有时会揣度
母亲针线的长短
父亲烟筒喷出烟雾的重量

每去一次，就加重一次思想
当我在时间线上永久站住
墓碑云集的寂寞非我所望

和这里的黄花青松絮絮叨叨多好啊
随时可以在明月清风夜
陪着父母静静观赏

写给刘子遇的诗（组诗）

题记：2022年暑期，五岁半的外孙刘子遇回老家，陪伴他是我的主要任务。

一、傍晚

晚饭后，暑热稍消

我和你出去散步

近一个钟点

你绘声绘色滔滔不绝地说话

我只是一个应声虫

又如捧哏的相声演员

你说的是一个侦察兵该有的装备

如要跨越障碍攀上陡岩

手上要有奥特曼式的飞索

脚上要有章鱼一样的吸盘

长短、数量、形状随意变化

遥控器在短剑

短剑在手臂

发指令可以不出声

嘴唇动动就能分辨

你如此兴奋

因为这些天我们在家进行
侦察兵科目训练

回到院子
我要给花草树木浇水
你雀跃起来
抢先握着水枪
"我能做好，你先回"
清澈的眼睛充满自信
你认真地浇了一会
然后花样百出
"横扫""点射""斜飞"
"圆弧""8字""弓箭"
伴随着夸张的动作
时而前进，时而后退
"大雨来了"
——你用水枪直指天空
晶莹的水珠洒满头脸
咯咯的笑声在四处飞

到家后，你拿出电动剃须刀
让我坐小靠椅
"剃干净胡须
不给你扎我的机会"
你在下巴和嘴边

摸了又摸

剃了又剃

"我没说好，不要站起"

你的模样

像拼装乐高一般专注

你的眼神

像英语配音获第一那么得意

孩子，我在你这么大时

没有牛奶糖果和冰棒

没有电灯玩具和兴趣课堂

没听说过汽车火车飞机

连自行车也不知道

也没听说过童话童装和游乐场

这世界变化太快

谁也不能知晓

几十年以后的模样

孩子，外公行将老去

愿你一生葆有

禀赋的和应得的

天真和自由

二、害羞

我把昨天写的诗

读给你听

你听得认真

又得意又有点害羞

听完泪珠滚了出来

我问，孙子

为什么哭鼻子

你说，外公为什么要老去

我不愿意

鼻翼仍在微微抽动

你摸摸我的胡子，说

胡子又要剃了

我说，还短

算了吧

你不同意

拿来剃须刀

给我把胡子剃干净

做了个手势，说

oh，好了

三、索诗

看完动画片，你要我再写一首诗

我说，没有那么容易

你说，可以的

李白为什么写得那么快

我说，他要喝很多酒

我又不喝酒

我还在和小舅舅说话

不能想着写诗

你说，快点说完

去书房一个人想想

我说，我还有事

明天再写

你说，不行

现在就要写

我吃了晚饭就要走了

你要把诗写好

读给我听

没办法
我只好把我们说的话记下来
权当是诗
——我的口语诗

四、调整

你要求调整
侦察兵科目二训练内容
在海洋区，直接用排除的水雷炸坦克

不搞两栖坦克对攻

不费油和炮弹

敌人的坦克也伤不到侦察兵

你要我装成敌人

埋伏在山脚

扔手雷时被你开枪击中

陷阱区里有一个小孩被绑架了

侦察兵要救人还要避过陷阱……

孩子，你的想法让我十分惊奇

你的小脑袋里蕴藏着

无穷的奥秘

盼你一生都能独立思考

像光，像风，像流泉

像奔马、飞鸟和游鱼

不被阻挡、束缚、禁锢

梦想成真，称心如意

孩子，你还要明白

思想可以无边无际

行为必须遵守规则

因为规则有时胜过真理

比如一个侦察兵

不能滥杀无辜

不能逃跑

不能叛国投敌

五、受伤

捕俘对抗，我的嘴
被你的小铁拳砸中

我摸摸痛处，皱了皱眉
你马上叫停

翻开我的上嘴唇："出血啦，好疼吧"
眼神如小鹿受惊

"继续练
擦破点皮，不疼"

"男人流血不流泪
我懂"

六、输赢

早上，在院子里
我练太极拳
你练跆拳道
练完后，你要和我比武

出拳，踢腿，啸叫
像只小老虎
我一次次避过
不断拍打小屁股
你情绪明显低落
突然停下，放声大哭
"你打疼了我的额头
是你的错误"

我明白，你哭
不是因为碰到你的额头
而是你没能攻击到我
心里不服
这正是我要的结果
擒拿格斗比赛是我输
十局中我最多赢五局
下跳棋我也输多赢少
每次获胜
你又蹦又跳眉飞色舞
"你呀你呀，别想赢我"
——你拍拍挺起的小胸脯

我把你拽回家
用近一个小时讲
"男孩流血不流泪"

"愿比服输"

七、奖励

侦察兵三期科目训练结束
由于你在训练中的出色表现
我决定给你颁发一枚勋章
你挺胸收腹举手行礼
像功臣英姿飒爽
你今后胸前也许将缀着
一枚又一枚勋章
当然，比我发给你的
灿烂辉煌

颁发给你的三百元奖金
由你自己决定
怎么使用

"我要去买玩具
请你和我一起去
外婆也去可不可以"
她的脸上满是笑意

你不紧不慢察看，一遍又一遍
店里来了几拨人都视若不见

像将军检阅士兵
像老师察看学生

我们看着，任由你选择
耐心回答你的询问
今后你将面临许多重要的选择
希望每次都能致远行稳

八、海洋

我选了电影《海洋》
为保护眼睛，我们分两次看完
你很投入，试探着问道
可以写首海洋诗不
然后看着我，点点头说
我知道你能做到

孩子，海洋太辽阔了
那么精彩
那么富饶
那么神秘
外公的胸怀不够大
知识和能力也缺少
海洋的诗留着让你今后来写吧
你笑了笑

没说好

也没说不好

对我来说

你笑了

就好

九、书房

我的书房

是你最喜欢玩的地方

每次翻看邮册

你把小手擦干净，说

"不能把邮票弄脏"

边看边问，问得最多的是

关于人物和动物的邮票、图像

爱看相簿里妈妈小时候的模样

她的羊角辫、花衣服和小淘气

让你两眼放光

也爱看我和外婆，有一次指着

我和几位姑娘的合影，认真地说

"不要和漂亮姑娘照相"

拿着我的印章，小心蘸上印泥
微歪着小脑袋
在白纸上盖一个一个的章
次次乐此不疲
那些印记初时模糊
随后清晰端方

靠窗的阴沉木像山岭，你将
彩陶十二生肖在山脚处摆放
把松果、酸枣核放在沟坎
置虎、狮、熊于坡岭上
经常变动它们的位置
有时还会和我商量

我或陪你玩
或看着书守在一旁
有一次我看书时
你对我讲
这些书我以后也要看
你要好好收藏

孩子，愿你有一间
最爱的书房

十、目光

你喜欢黏着我

有点顽皮

我们语言交流的方式

有时如行云流水

有时如栽花育苗

最让我欣慰的是

目光交汇时

激发的电光石火

吃饭时摇晃身体，我看你一眼

你会马上端正坐姿

讲故事时，我停下来，看着你

你会认真地说出理解的意思

玩闹的时候，我盯着你

你会收敛，然后

做一个怪脸或手势

当我以信任的目光看向你

你稚嫩的肩膀

可以扛起整个地球

我心里有春潮涌动，孩子

许多至关重要的事情

无须用言语表示

花知道蜂的意思

山知道鸟的意思

水知道鱼的意思

孩子，希望在人生旅途中

你爱的人和爱你的人

相视一笑

就知道彼此的意思

十一、体重

你和爷爷奶奶今天回深圳

我开车送你们去高铁站

她要跟着我

分别的时候

你依依不舍

她泪眼婆娑

你回老家，她放弃了

随卫奶奶驾车去新疆的计划

她说，我要陪嘟嘟

她每天都要精心制作

营养又可口的食物

色香诱人，花样多多

外出吃饭她带上
你的水壶和消过毒的碗筷
衣裳汗湿了会及时换过

买东西，搞卫生，洗衣服
她忙个不停
还要给你上趣味算术课

她会带你去爬山、野炊、露营
你要什么她就从袋子里掏出什么
你说她是魔术师婆婆

你有时咳嗽，睡觉不宜开空调
她给你打扇、按摩，陪你起夜
睡睡醒醒，坐坐卧卧

你体重增加了一公斤
她体重减少了一公斤
——她是外婆

十二、相信

你长大了，也许会觉得
这些诗直白了些

有点像白开水

可我相信

当你一直读下去

有一天会发现

其中有陈酒的滋味

也许还察觉到

这些诗并不只是写给你的

甚至也不只是写给孩子们的

为了你们的未来

大人先生们都应该有所作所为

那时，你会感到

和我期许的目光交汇

和友人红梅诗

从很远很远之处传来
红梅初绽的气息

经过严霜坚冰的锤炼
如丝如缕的春意沁人心脾

窗外雀儿呼朋唤侣
它们的嗅觉灵异

于诗人　这梅尚沾放翁酒气
犹带东坡柔情蜜意

人世间穿越南北古今的事物
凭谁知悉

光　影

月光雪亮
她来到一棵树的影子里
树影像宣纸上的一朵墨菊
她想象自己是花蕊
"可惜没有蜜蜂"
她喃喃自语

远空一颗星星放射焰火
光芒在她的眼眸流驶

她走到树影外
舒展肢体仰躺在草地
月光如他初次抚摸脸庞的手
她张开双臂

玫瑰心事

邻家的玫瑰绽放了
多么鲜艳瑰丽

我早早晚晚都要去看看
她在风中摇曳
点头微笑
她的香味让我着迷
她似乎有很多话要说
而我似乎也听得懂

有一天邻居对我说
喜欢就折些回去养着
我悚然一惊
感觉他窥破了我的心事似的
我其实更担心自己
脱口说破玫瑰的心事

装在心里吧
这样就永远开不败看不够了

玫瑰禅语

大殿肃穆

缭绕香烟

美艳女子欲将玫瑰

献于佛前

执事僧宣声佛号　施主：

这花太过鲜艳

且棘刺赫然

供佛似有不妥

女子道：

此刺深扎吾心

正欲求我佛拔除

且佛渡有缘

有何惧哉！

僧稽首无言

紫薇之惑

一束紫薇
从水泥围栏中探出了头
像太阳探头于云层

曾经窗口含笑的女子
在脑海闪了一下
不肯再相见

我看向紫薇
它在笑
似乎还扮了个鬼脸

一朵花开

一朵花开
一朵花开
唯一一朵花在早春
从容绽开

打破虚空
对话星月
不许蜂来蝶来
一朵花在寂寞地开

沸腾鲜血
点燃万绿
呼紫燕归来
一朵花正热烈地开

嗅凌霄花的女子

火热时节
凌霄花火热地开
一位女子凌波微步而来
依偎花丛
小心翼翼摘下一朵
嗅了一嗅
嗅了又嗅
白皙的面庞渐渐艳红

把这组自拍照发给一位雅人
粉面火红
芳心风起云涌
猛虎呼啸，山摇地动

神奇的花朵

有一朵花很神奇

花蕊中贮存

无上好蜜

一千斤砂糖

不及万一

一万个表白

不露分毫

唯期待

一支蜂针

肆意吮吸

与花语

绵绵春气

融化了身体在整个冬天

积压的块垒冰晶

我在晨光中

把一朵茶花从里到外

看了个遍

看得她羞红满面

细细地嗅着芳香

使她粉体酥软

至于花蜜

我可以想象

但不能用手试探

怕伤了花蕊

采蜜是蜂儿的特权

我咂了咂舌头

春天的故事

阳春三月，晨光熹微

一朵白花睁开了眼

春风蹑足过来轻吹口气

花瓣弯了一弯

像练过瑜伽的美人晃了晃

柔软的腰肢

但她看上去还有些慵懒

一只蜂子飞飞停停　　停停飞飞

在这朵花上绕着圈

唱着迷醉的歌谣

她还以千娇百媚的笑脸

金黄柔嫩的花蕊战栗

沁出蜜汁　　散发浓郁的芳香

蜂子有些微喘

蜂子以绝世轻功落于花蕊

亮翅轻弹　　亮翅轻弹

花朵心门大开

忽然，蜂子收拢翅膀

伸出长吻

深入花蕊之中吸吮

花容失色，已然酥软

杜甫《江畔独步寻花》诗意

桃花江右桃花溪

黄四娘家的桃花挤满

房前屋后阡陌溪畔

千朵万朵桃花压低了桃枝

若锦绣铺陈

云霓灿烂

阳光沿山坡照射下来

花树之上粉雾弥漫升腾

白袍飘逸的秀士

信马由缰而来

人称桃花千岁的黄四娘迎上前

贝齿微露，笑道

花径不曾缘客扫

蓬门今始为君开

已备陈年桃花酿

且唱新词酒百杯

秀士盘桓已久，不舍归去

满脸娇羞的黄四娘问

郎君有何感悟

秀士拜谢

自在娇莺恰恰啼

流连戏蝶时时舞

稠花乱蕊倚无力

春色无边桃花屋

草色青青

弱冠女郎一袭白裳

沐浴春风

草色青青自天外绵延而至

环绕周围

如月亮在蔚蓝的天幕浅笑

春色无垠惹人醉

夜飞鸟

我是一只青鸟
喜欢月夜飞翔

林间小径，风清如水
雪亮的月光
辉映她微仰的白皙脸庞
笑容浅浅扩张
像一朵玉兰缓缓绽放

她的绽放引发了我的歌唱

我刚从远山飞来
山麓小院里有人在张望
面朝她的方向
他的脸色看似平静
但眼里有一丝丝忧伤

他的忧伤触碰了我的翅膀

秋虫之歌

久燥之后
一场透雨润了秋虫的喉咙
歌声清亮
我从它们旁边走过
它们并不理会
寒露将至
它们也不在意
且歌且吟
歌声如月光下的滔滔江流
也会流进那人的梦里？

雨

你说心雨无落处
炙热、蒸发
对镜花容日枯
他说雨不是云朵禁脔
归宿是大地
滋润万物

你说，将成涸辙之鲋
他说，未雨相濡以沫
雨下，相游于江湖

你说：谁解焦渴
他说：待我行云布雨
下他个湖满河溢，沙海生雾

怀　抱

我伸展四肢仰面朝天

身下青草被你的眼波滋养

以幽蓝之身手

蔓延向远方，远方

蓝天在我的怀抱

你若是冲我微笑

我会循着这神秘的光

揽你入怀

同入温柔乡

众星眨眼

银河荡漾

月　夜

月光耀目

夜莺嘴多

退到一棵树的浓荫

他突然抱住她

手臂像铁一样硬

像火一样烫

疼——她呻吟

像受惊的夜莺

可疼过后是怎样的美!

然后……

是怎样的安静!

草原望月

明月特别清亮
蒙古包空空荡荡
那人在千里之外
向这片草原瞭望

天蓝如海
夜凉如水
草动风来
我像一条饥饿的鱼
游向那视线上
挂着的饵

暮 春

看花的人越来越少了
赋诗者已然慵懒
殊不知，此时春意之浓有如
拜堂成亲的情侣刚入洞房

瞧，叶片已然涨满枝头
五颜六色涌动
向着天际，连接海浪
新竹腰肢袅娜
抚摸壮硕的杜英
红粉蔷薇依偎罗汉松
微笑芬芳
墙垣上金银花吹着亮晶晶的小喇叭
一队蜜蜂弹奏古琴
斑鸠停不下歌唱
蝴蝶在浓密的柑橘树上巡视
小青果一齐悄悄膨胀

暮春是成熟的姑娘
她张开双臂
奔向火热的情郎

你，为何还在坚硬的水泥路上
彷徨

小雪日之梦

连日阴云积聚

气温渐降

冬天初显威严

昨天是小雪节气

我穿上袄子

里面有雪一样的棉花铺展

夜里睡得香甜

梦见雪花纷纷

棉球似的雪花在空中飘移

从东到西，从北到南

桃花、绒花和合欢花渐次出现

金色的蜜蜂骑在花朵上

在雪花间穿行、蹁跹

音乐如丝竹、钟磬、流泉

如彩色泡影变幻……

早上醒得迟

推窗只见

乌云已散

太阳正微笑着

给一朵白云镶金色的边

大雪节气

小时候我猜

雪花是神仙玩出来的把戏

年轻的时候我希望

雪花是天女散播的传奇

现在我愿意相信

雪花是云朵酝酿经年的善意

雪花漫天　纷纷扬扬

让孩童奔走惊喜

是英雄煮酒的绝佳背景

才子佳人吟咏的美好题材

农人野望也得慰藉

小偷和打劫者藏匿了踪迹

自然之物宁静

寺观之门掩闭

今夜，我正烫着酒

准备了点心香茗

等好友来

因为今天是大雪节气

你 是

你是在雨巷中走来
撑着油纸伞踽踽独行的女子
只不过眉眼没有结着丁香一样的愁绪
而是有着春雨滋养过的妩媚明亮

你是在桥上伫立
任明月清风抚你白净脸庞的女郎
却不知衣袂飘飘绰约风姿
装饰了别人的美梦

你是在青峰古道
骑马疾驰的小龙女
全无古墓派的阴沉
脸上洋溢温情浑身散发野花的清香

你是在人迹罕至的山谷
微闭双目悠然听泉的丹顶鹤
花开花落云卷云舒
似已相忘

你是和橡树并肩而立的

一株挺拔旺盛的木棉
根相握叶相触
在和风里诉说衷肠

离 合

她其实是欢喜鸟的
尽管它清晨有些吵闹
中午常常聒噪

多半时候
她和鸟似乎心意相通
高兴或者有些闲意思时
会对鸟灿灿一笑

而鸟呢，歌会唱得更柔和些
少不得蹦蹦跳跳

更进一步
它飞上露台
啄食刚播下的种子
她心爱的肉肉　还有绿佛珠
金钱橘、圣女果和紫葡萄

她着实恼了
在露台架上丝网
鸟飞不进来　　可是

她似乎感觉到
鸟看她的眼神有些生疏
而她少了些
会心的笑

牵　手

你说在东倒西歪时
希望喜欢的人牵你的手

我可能不是你喜欢的
可我看到你
心是烫的
手是温的
脸上有火烧云
额上有汗沁

我着谢公屐
穿紧身衣
若是见你将失去平衡
会箭步而来
牵你玉手
走得平稳

你也许甩开我的手
转过身去
我还是会送你一程
然后，挥挥手
不回头

聊天记录

女：给窗外的鸟写诗

又用网防着它们破坏阳台绿植

男：非情意不能成诗

凡藩篱皆是心障

女：昨天还穿棉袄

今日裙裾飘飘

男：鸟儿就好，天天穿一件衣裳

或者不穿衣裳

女：鸟还会飞

难道我还要跟它比飞？

男：比比何妨

鸟飞有限，你心展翅未可度量

女：洗了长发，青丝如瀑

男：鹈哥不洗，其羽黑亮

女：昨晚迟迟不能入睡，偏偏清早被鸟

吵醒。我要给它们点颜色瞧瞧

男：我看青山皆妩媚，料青山观我亦如

是。但鸟大概没想过你会失眠

女：你就是一只呆鸟

男：……

遥　寄

十月的阳光

温暖了大雁的翅膀

她脸带些桃花

身背行囊

拢拢发

挥挥手

迈开大步

奔向远方

远方巍峨的山峰云蒸霞蔚

山巅有神圣的殿堂

殿堂里有琼浆玉液

七彩毫光

有常人眼不能见

耳不能闻

口不能说的

珍藏

她的准备足够充分

意志足够坚强

脚步足够稳健

心思足够缜密

在某个阳光普照鲜花盛开的早晨

她必将踏入那圣堂

受百花使者接引

成就梦中之梦

喷　嚏

剪一束带露的月季
插于花瓶
室内飘散幽香
我涎脸凑上去细嗅细看：
香气更浓
容颜如少女失血的唇
有不甘
有痛

我打了一个大大的喷嚏

梦　游

高天明月

绿轩朱户

他和她携手乘风

梦游于天河

河岸香草结着钻石

他兴奋地采摘

以光串为链

为她佩戴

光洁的颈项顿时色彩斑斓

河滩上满是珍珠

踩上去平滑、凉爽

摇摇摆摆

他拣了两颗置于她的耳中

撩起天河的水花

泼洒、追逐

喜笑颜开

鱼儿像婴孩

粉嘴亲吻着肌肤

酥痒难耐……

"珍珠和钻石不多不少

这些鱼永远长不大"

——怀抱玉兔的美艳女子伫立

语声幽幽低回

他和她呆若木鸡

春风吹动窗帘

万物皆在萌发

他悚然醒来

答 疑

昨夜梦入春山，满眼黄花

如见故人，心生欢喜

此花何花？此梦何意？

应是黄杜鹃，俗称老虫花①

香重似欲醉

思春有所寄

乱花迷眼人纷纷

灿灿此间天亦低

怪道何无脂粉色

虎威赫赫可循迹

此花既名为虎

爱重颇为相宜

猛虎实可畏

雅虎当珍惜

---

① 民间称老虎为老虫。

我属虎

悄悄告诉你

偶 得

无 眠

只要能偷录一句
你带笑的梦话
整夜无眠
也不怕

只担心脸色苍白
召来呵斥
你又不欢喜
抹粉涂脂

无 题

月亮从不吝啬
她的美色
只不过如此明媚的脸庞
晃得她有些失落

那幽深处闪耀的眼波

使嫦娥胆怯

摘一朵薄云遮脸

眉眼间似有不悦

长安三题

雪　夜

长安城积雪盈尺

夜深人静

打更声传出很远

醉未酒肆的房间被雪光照亮

烛光也白了些

炉火更旺

炽炭爆出轻响

滚沸的茶壶吐气如龙

两人凭几对酌

弥漫浓郁酒香

男子宽额滋雾汗密如珠

女子俏脸红云珠翠微晃

男子曰：如此长夜岂能无诗

据案而起一声清啸

将太白清平调纵情诵唱

女子曰：如此良宵岂能无曲

手挥琵琶婉转歌喉

演一曲霓裳羽衣

男子歌罢
眼底沧桑已化融融春光
牵女子红酥玉手，曰
卿唇有些燥
且饮一盏蜜浆
女子手心湿润
满面娇羞
秋波荡漾

离　别

1
她执意和使女来河滨
浣洗衣裳
郎君将要远行
她莫名其妙地喜欢反复诵吟
"长安一片月，万户捣衣声"
李太白总能在不经意中
直击人心
拢拢被秋风吹乱的秀发
注目星空
牵牛织女的微芒
使她有些眩晕

棒槌声单调而沉闷

撞击耳鼓

衣裳入水

搅碎一河烂银……

2

河岸丛生翠竹

头戴儒巾的男子

长身玉立

久久望着河滨

无声无息

风吹过

竹影在人影上

摩挲　游移

3

灞桥。长亭。馆舍。

秋风生凉

鸣蛩不休

酒旗失色

缠绵良久，男子曰：

吾去矣，卿卿毋忧

女子执手，付与香囊，曰：

人皆折柳相送

妾见柳色已老，且折断非所愿

此乃奴所绣

沉香是奴，绣囊是君

幸勿相离

男子轻抚女子纤手

笑道：

书房有吾诗并浆洗图

卿卿勿晒

吾回家时卿当以诗酬

女子且喜且瞋

手捶郎胸

泪眼已模糊

夜归

清冷的月色

在地上凝成霜花

马蹄声碎

满地霜花上宛然

结成一串果实

又如珠琏

延伸至

独家小院

门吱呀一声开了

袅娜的红衣女子迎上前

白马吸了香气

打了个响鼻

男子翻身下鞍

牵了女子温热玉手

印于凉凉的唇间

眼眸瞬间被

点燃

女子轻拂男子眉间白霜

挽着男子手臂

燕昵软语：

相公，美酒已温

兰汤已备

锦衾已熏

Ⅲ

凤凰的传说

凤凰从此失去踪影
不过传说某个时间
会回到人世间

凤凰的传说

我没见过凤凰
好像所有的人都没见过
凤凰，人人想见
而不可见

我确信凤凰在很久以前存在过
否则不会留下如此精美一致的图腾
也不会有这些生动的传说
还有膜拜，还有吟唱，还有礼赞

她的美无法形容
她的灵动不可思议
她的声音令百鸟痴迷
人类也见之心动闻之色变

她通晓鸟语
也懂得人的语言
开口说话常使鸟哑口
而人羞惭满面

渐渐地，鸟不再朝见

人类也躲着她

但人和鸟都争说

她的美她的神奇万能

知音老子骑青牛出了函谷关

一个落霞满天的黄昏

她从梧桐树上一声清啸

一飞冲天

凤凰从此失去踪影　不过

传说在某个时间她会回到人世间

天　使

冬天有如良医
去除多余的
安抚躁动的
留下重要的

人们把医生　称为
白衣天使

冬天戴白帽穿白衣
他是谁的天使！

左 视

他眼睛正常目光森严

但习惯左视

常常梦见经过一家古瓷店

视线顷刻变成黄金棒

将那些稀罕之物任意捣烂

瓷器清脆的碎裂声

让精神爆燃

他的眼光还会变成水银

将那些破旧之物涂抹之后

膜拜宣传

他执着地向孩子讲述梦境

有一天，孩子被打得头破血流

住进了医院

而他抚了抚油光的头发

凛然不可冒犯

他们都低着头

公交车、火车、飞机上
他们都低着头
不少人在行走、餐饮甚至如厕时
也低着头
他们都盯着手机屏幕
低垂着头

他们大都脸色麻木
也会突然大笑
但极少会为一篇文章的精彩
会心微笑

他们低头太久
眼也花了
腰也弯了
精神也委顿了

鸟世界

我观察过许多鸟

它们飞翔时头部朝着前方

它们停留时总是左顾右盼

不停地转动颈项

直到确认安全时

才会梳理羽毛　振动翅膀

除了觅食

它们很少低头

小憩时虽缩着脖子

头仍微微上昂

它们不会迷失方向

不会得颈椎病、抑郁症

谁也不会成为谁的牢笼

天地是它们的住房

饥饿的猫

冬天，我钓了鲫鱼养在露台
早起发现鱼少了些
地板上有鱼鳞
大概是猫在行窃

我在桶上放了个塑料菜盆防护
第二天早晨只见盆子被掀翻在地
楼梯口印有"出入平安"的垫子上
两颗鱼头摆放得整整齐齐

我苦笑一声
在桶口搁了块厚重的木板
结果桶倒鱼死满地狼藉
——应该是几只猫作的案

这些小生灵以其行为艺术
试图让我明白
别过分，饿急了
什么都做得出来

缺　憾

这是一个古老的湖
湖水越来越幽蓝
鱼虾越来越丰富，白鹭越来越多
山体裸露和荒凉的印象已遥远
植被越来越茂盛
外来的人看了都赞叹流连

我久居于此，深爱这湖光山色
但有时也觉得有点缺憾
日常所见的水鸟只有鹭鸶
老人们传说的天鹅、鸳鸯、翠鸟、鸬鹚
始终没有露面
偌大的湖上鹭鸶不断增加
它们的叫声越来越大，单调而尖利
心情不好时未免生厌

山林语

人们在山林里无外乎索取

古时的人谦卑些

索取后有些心虚

于是敬山神

献供品

并期许

现代人开山，毁林，构建

尽取所需

牌位被打翻在地的山神

无处定居

山林内外灾害频发

是否他恶作剧？

被阉割的河

一条河从城市中穿过
被整修得笔直
河堤用石料砌得严丝合缝
整整齐齐
临河面陡立
没有坝子
水浅浅的
像桶里一抹水痕
现在是雨季
秋冬时节水会更少吧
它看上去会不会更像坑道？
沿河走了一段
感觉少了些柔美和生机

我和当地几位朋友在河边吃早点
一位小年轻不无骄傲地说
这是我们的母亲河
一位老者幽幽道
这条河原来弯弯曲曲
有深有浅有潭有滩有鱼有虾
如今啊，他叹了口气
是条被阉割了的河

宠　儿

云霞泼异彩，微澜生轻烟
红树趋黯重，百花向晚妍
是谁的宠儿
这暮色中的红树林公园

夜色一点点、一丝丝、一层层
生长、浸染、合围
欲揽怀独占

瞧，那捉住夜的手臂的
是花树中长身而立的明亮灯盏
海鸟矫健的翅膀
擦伤了夜的眼
群鱼在暗涌处攒动
撞破夜的防线
清扬的笛声响起
将夜的耳鼓刺穿
游人稳健的脚步　　和
亮晶晶的目光
划开夜精心布设的幕帘
许多东西潜滋暗长
在这被夜视为禁脔的公园

雪　线

是太阳对地球过分热情

还是地球躁动升高了体温

雪线不断上移

封冻已久的事物渐次暴露

探险者触目惊心

雪峰犹如垂垂老者

头发日渐稀疏

刺痛了朝拜圣山的人

夏天山涧的水量大了

但日渐浑浊

泛着牦牛忧伤的眼神

红花睡意昏昏

乌鸦的叫声愈加尖利

金雕的飞翔愈益低沉

一个年老的喇嘛每天面对雪峰

转动法轮

花花与花脸

八年前，友人送我一只小狗

刚满月，雌性

白毛黑鼻

小眼亮晶晶

我叫它花花

花花伶俐聪明

我们全家都喜欢

女儿尤其高兴

两个月后

我们把它送给了乡下亲戚

因为担心影响女儿学习

我和妻子要上班

也没工夫料理

走时，花花不停哀叫

我心里难受

女儿忍不住哭泣

常常想起花花

有时会梦到她

听说她是勤劳且多产的

狗妈妈

小孙子闹着要养狗
亲戚送来花花的幼崽
是只公狗　极像妈妈
只不过脸上有黑纹　我叫它花脸
它摇着尾巴对家人送往迎来
站立，打滚，咬裤腿
似乎只为博取一笑
我的话语和手势它仿佛明白

养了两个月
又不得不把它送走
因为它叨邻家的鞋
舔小孩的手
有时夜深叫唤
小区有人投诉
为了息事宁人
顾不了小孙子的哭求

遗弃了可爱的花花与花脸
我不免自责与心痛
我常想：它们母子的命运
到底应由什么决定

秋　蚊

秋天的蚊子端的厉害
一旦盯上目标
便不依不饶
针针狠辣
口口见血

它们知道
好日子不多了

蜘　蛛

只织一张网

在似有若无的八卦阵

深潜

捕捉飞来将

它若四面织网

定会网破

身死

——不是累死，就是被困将斗死

理发记

我的头发粗而硬

钢针似的

理发师说只适宜剪平头

他每次都用心修剪费时颇多

左看右看细细加工后

让我看他的杰作

我顿觉增添了些硬汉形象

颇为自得

有天傍晚，理发后

途经一个广场

有人正在剪路旁和花坛的花木

随着咔嚓咔嚓的单调声响

花木伸出的头和胳膊被齐刷刷剪断

死亡的气息随处飘荡

那人不时歪歪头眯眯眼

反复修剪成整齐满意的模样

我突然想起那位理发师

头皮不禁发麻发烫

从此以后我不再剪平头

理发师大惑不解，说

你这头发不好理其他发型

我说，干脆剃个光头

钓鱼记

积雨云在小水库上空窥伺许久
有时也撩开幕布
射出几根箭镞

大大小小的鱼已快塞满超大渔护
许多鱼鼓胀眼珠
鼓胀肚腹

"下雨了，回吧"
"不会有大雨，口好，别辜负"

云层和库水把光线
一点一点压榨、吞咽
"喜水喝，喜水喝"
竹鸡尖利的叫声震动耳鼓
眼镜蛇在三米外游过
眼角余光冰冷刺骨

像厮杀时战士手中的武器
钓竿仍在不停挥舞

突然，焦雷把水库劈得晃晃荡荡
闪电在空中制造锯齿状的深谷
壮硕密集的雨珠如精准制导的炸弹
炸矮了山岭，炸乱了水库

他们惊慌失措
狼奔豕突

逼仄的山体脸色阴郁地挤压过来
藤蔓暗笑，不停地使出绊子
林中棘刺如暗器射出
他们如受伤的泥猴惨不忍睹

神明已恼怒

在土地神的眼波里
乐享清福
焉能如张开巨口的饕餮
不知饱足

战战兢兢放生未死的鱼
请求饶恕

大雪之约

大雪似乎一整夜

都在飘

飘落在我脑海

不是梦，不是半睡半醒

而是睁开或微闭着眼

觉得世界雪花飘飘

伴随着雪花接地独有的沙沙声

纷纷扬扬的雪花

落满城头、渡口、锦裘、弓刀

覆灭垃圾、废墟、荒漠、衰草

刺激游子、骚客、壮士、农人

滋润干燥的土地

擦亮灰暗的山林

充盈枯瘦的河道

早起，未见有雪

只有雾霾漠漠

冷风飕飕

冻雨点点

我想，该赴一场大雪之约

以慰干裂的嘴唇

眼底的沧桑

荒凉的睡眠

感　觉

昨晚，我住酒店二十九层

风冲突、撕打了一夜

吼叫、喘息

歇斯底里

所争的是先后、高低吧

而我被折磨得毫无睡意

眼圈泛黑

脚步虚浮无力

今晚要换住底层

远离虚空的风暴

而且，医生说

治失眠住的要接地气

钓

船泊海中垂钓
不知过去了多久
未有渔获

天空蔚蓝，不见云朵
大海蔚蓝，没有浪花
天低海阔，渺渺钓船
我失去了方向感
不知道来自何方
不知道故乡在何方
恐惧来得突然
这可是大洋深处
常有不测之险
我生怕须臾之间
被大海钓了

无　题

我采摘粉雪山月季时
左手无名指冒出鲜血
血不停地冒出来

我将鲜艳的血涂于花瓣
把粉脸弄成了大花脸

月季似乎惨然一笑

血止住了

理　由

鲜花宜观赏爱护

不可随意采折

我喜欢周敦颐

不是因为他理学家的面孔

只因为"可远观而不可亵玩"的警句

给躁动不安的人当头棒喝

我讨厌杜秋娘

她以"好花堪折直须折"的表白

为浪子壮胆

我喜爱雪花的理由

因为她不可采折

漫天大雪

凭谁供养

凭谁采摘

林中一幕

树林萧瑟

群蝉轰响

秋风掠过

落叶飘扬

蝉声低落下去

传来百灵鸟的歌唱

真　的

上午看一张报纸
翻来覆去
没什么可看的
真的

下午刷朋友圈
点点戳戳
没什么可留意的
真的

晚上看电视
选来选去
没什么有印象的
真的

今晚可能又做噩梦
梦中情形不是真的

矛　盾

想要一骑绝尘行侠天下
但没有骏马和屠龙刀

不信世上有鬼
却在夜行时吹着战栗的口哨

讨厌虚伪
偏易于接纳恭维甚至媚笑

喜欢穿明亮的衣饰
尽管它们排斥衰老

光和热是生命存续的条件
可对冷漠和黑暗也时有所好

想见所爱
又次次在酒店独自喝高

时　间

时间是变幻莫测的魔术师
是人生的寓言
我常感觉立于时间的
谷地或峰巅
四周混沌
未有发现
我以水、以云为巾
擦洗认知过去
擦亮未来
求心路之平坦

速　度

以不能触摸的速度
太阳在飞翔

太阳光在飞翔
以不知不觉的速度
她触摸我
就使我的躯体和灵魂发光

我的速度，取决于
太阳光触摸我的时长

永 恒

世间有些事物
不同凡响

有的永无止息
比如溪涧流水
大海波涛

有的永不低头
比如挺拔的山峰
溶洞中的石笋

有的永不变色
比如日月
恒星

顶礼膜拜这些事物
人类才可能获得
永恒的意义

点 灯

一

人生路上
是谁在点灯?

终生任由他灯指引者
不过是亦步亦趋的跟班

他们如过江之鲫
万万千千

当置身华灯璀璨之地
他灯湮没东西何辨?

或者身陷无边孤寂的黑暗
何处觅他灯?

应该为自己点亮
心灯

眼眸是光焰
大脑的灯油源源不断

至暗不疑
至明不炫

二

如果在灯火绚烂处
迷失，晕眩
不如走向黑暗
闭上眼睛
静坐。冥想
探寻生命最深厚处
自带的
心灯

依　靠

太阳在天空悬着
无依无靠

月亮在天空悬着
无依无靠

地球也在天空悬着
同样无依无靠

我如一粒尘埃
须落在地上，以为依靠

光

我久远的依靠是你
知晓我全部秘密的是你
使我消磨致死的也是你吧
我在人世间唯有对你可以赤裸
——你是光

关于人与万物

人的坚韧
不如一株苇草

人的自由
不如一只飞鸟

人的柔软灵便
不如水流　藤绕

人的性情　有时不如
鸦之反哺羊之跪乳马之厚道

很多时候，人的价值
不如闪电　雷霆　飓风　海啸

人啊，莫如低下
自以为高贵的头颅
用心体察
万物是道

太平间

卧于此间者皆过客
不知乐苦

一样的床铺
一样的蒙着白布

上不着天，下不着地
知向何处

什么也不会生长
包括恐怖

坟　墓

藏着在阳世的密码信息
也许是从另一个世界来到故地的通道
杂草乱树和野兽侵略会造成迷失
故年年有祭扫

祭扫者复被祭扫
循环往复
它也许是人类在浩渺宇宙
留下的符号

总有一些微小变化泄露天机

寒夜响起沉闷的雷声

枣树光秃的枝丫不再显得冷硬

竹林地面出现细碎的裂纹

孩童解开小棉袄

手中风筝歪歪斜斜

升上了天空

总有一些微小变化泄露天机

图书在版编目（CIP）数据

春风胜过一切温柔 / 赵叶惠著. -- 武汉 ：长江文
艺出版社， 2024.10
ISBN 978-7-5702-3501-8

Ⅰ. ①春… Ⅱ. ①赵… Ⅲ. ①诗集－中国－当代
Ⅳ. I227

中国国家版本馆 CIP 数据核字（2024）第 046825 号

春风胜过一切温柔
CHUNFENG SHENGGUO YIQIE WENROU

责任编辑：胡　璇　　　　　　　责任校对：毛季慧

封面设计：源画设计　　　　　　责任印制：邱　莉　　王光兴

出版：长江出版传媒　　长江文艺出版社

地址：武汉市雄楚大街 268 号　　　　邮编：430070

发行：长江文艺出版社

http://www.cjlap.com

印刷：湖北恒泰印务有限公司

开本：880 毫米×1230 毫米　　　1/32　　　印张：7.125

版次：2024 年 10 月第 1 版　　　　2024 年 10 月第 1 次印刷

行数：4995 行

定价：58.00 元
